Amor en Navidad

Relatos cortos

Eva Alexander

Contenido

Navidad

Eva Alexander

Relato 1

Elena

Y cuando pensaba que mi vida no podía ir peor empezó a nevar.

El GPS había perdido la señal kilómetros atrás y lo único que recordaba era que me faltaban unos quince más. Todo recto. Fácil de decir, complicado de hacer.

Pero ¿quién ha querido pasar la Navidad en una cabaña en el medio de la nada? Quería nieve, montaña, tranquilidad y chocolate caliente mientras miraba embobada el fuego de la chimenea y lloraba desesperada por mi mala suerte.

Sin embargo, a pesar de la oscuridad, de la nieve y del bosque que se cerraba amenazante alrededor del pequeño camino conseguí llegar a la cabaña. Apagué el motor del coche, cogí mi mochila y me apresuré hacia la entrada.

Noté la luz encendida, pero supuse que el dueño la había dejado encendida para mí. Me agaché para buscar la llave debajo del felpudo y ahí estaba agachada cuando se abrió la puerta.

Vi unos pies calzando unos calcetines blancos como la nieve que me rodeaba. Subí la mirada y vi unos vaqueros y unos muslos. De hombre. La parte siguiente que vieron mis ojos me demostró que sí, que la persona que tenía delante era un hombre.

Seguí mirando un pecho grande, unos hombros anchos, una mandíbula cuadrada y unos ojos negros que conocía. No muy bien, pero los conocía.

—¿Qué diablos estás haciendo aquí? —preguntó el hombre.

No tenía un nombre. Tenía, pero yo no lo conocía. Nunca me lo había dicho.

La primera vez que nos encontramos fue justo cuando había llegado a Nueva York. Estaba con unas chicas que acababa de conocer tomando algo en un bar cuando lo vi. Yo era joven y loca.

Lo vi y quedé fascinada por sus ojos, por su sonrisa. Algo en él me llamaba como la luz a una polilla. Fui, claro que fui. Lo invité a bailar, pero a su novia no le pareció bien.

Lo olvidé hasta unos seis meses después cuando coincidimos en otra fiesta. Él iba solo. Yo no.

Mi novio se llamaba Randy, era guapo y listo, tenía un trabajo estable y me amaba. Y en ese momento pensaba que yo sentía lo mismo. Por eso cuando él se acercó y me invitó a bailar lo rechacé.

—En otro momento —dijo él.

Seguimos de la misma manera durante años. Cuando yo estaba soltera él estaba saliendo con alguien. Si él estaba soltero yo tenía una relación.

Lo mismo pasaba ahora.

Yo acababa de romper con mi novio y él acababa de comprometerse. Los había visto la semana pasada en un restaurante cuando él se arrodilló delante de una rubia y le propuso matrimonio con un anillo con un diamante tan grande que lo pude ver desde una gran distancia.

—Buscando la llave, pero ya no la necesito —dije poniéndome de pie.

—¿Qué estás buscando aquí?

—Oh, he alquilado la cabaña por dos semanas —expliqué.

—No, no lo hiciste —gruñó él.

—¿Cómo?

—Soy el propietario de esta cabaña y no la he alquilado. Así que coge tu coche y vete de mi propiedad.

—Oh, vamos...

Oh, no sabía cómo se llamaba. Nunca lo supe. Nunca lo averigüé. Nadie pronunció su nombre en mi presencia. Para mí era el hombre de los ojos negros, vale, en mi cabeza lo llamaba el Príncipe Azul.

¿Qué?

Había crecido leyendo cuentos de hadas y princesas. Algo se me había quedado grabado en la cabeza.

—Mira, he tenido un día de mierda, ¿ok? —intenté.

—Yo también, pero esto no es un concurso de días de mierda y ahora me gustaría volver a mi libro. Adiós, Elena.

¡Mierda! Sabía mi nombre.

¡Mierda! Mi nombre sonaba tan bien cuando él lo decía.

—No tengo a donde ir, ¿vale? He alquilado la cabaña esta mañana después de abandonar el apartamento en que me acababa de mudar con mi novio. Novio que encontré esta mañana cuando volví del trabajo en la cama con mi mejor amiga. ¿Tú has tenido un día de mierda? No tengo donde vivir, no tengo dinero porque he usado todos mis ahorros para alquilar ese apartamento y mi jefe me dijo que hasta el cinco de enero estoy de vacaciones. Sin cobrar. Estoy jodida y solo quiero pasar dos semanas viendo la nieve caer en la cabaña en la que me gasté mis últimos dólares. Tengo el dinero suficiente para comer si la sopa de sobre se puede llamar comida. Ahora dime que tu día fue peor.

Él alargó un brazo musculoso, cogió la mochila de mi mano y se dio la vuelta.

Bueno, supuse que eso significaba que podía quedarme así que entré y cerré la puerta.

—Quítate las botas, no quiero nieve sobre mi suelo —dijo él.

Estaba contenta de estar dentro así que me quité las botas y con mis pies calzados con unos calcetines blancos con corazones rojos caminé hasta la chimenea. Extendí las manos para calentarme, luego me di la vuelta porque mi trasero también necesitaba el calor.

Además, podía sentir la mirada de él y quería verlo.

La cabaña era una habitación grande, zona de estar con un sofá, dos sillones, una chimenea y cocina. Al fondo había una puerta abierta a través de la que pude ver una cama y otra puerta cerrada que suponía que era el cuarto de baño.

Él estaba enfrente de la isla que separaba la zona de estar de la cocina, preparando algo y aproveché que no me prestaba atención para mirarlo.

He tenido un montón de novios y de ligues de una noche y siempre he elegido hombres guapos. ¿Qué? Me gustan guapos, altos, el color del cabello no me importa y si era para una noche tampoco me interesaba lo que tenían en la cabeza.

Pero este hombre era el más guapo de todos.

Era alto, musculoso, con el cabello negro largo. Creo que fue el cabello lo que me llamó la atención la primera vez. Era una mezcla entre peinado y despeinado que me volvía loca. Quería pasar mis dedos a través de su cabello solo para averiguar cómo se vería, cómo se sentiría.

Luego estaban los ojos. Estaba tan obsesionada con ese tono de azul que cada vez que veía una prenda de ropa del mismo tono la compraba. De hecho, el conjunto de lencería que llevaba bajo mi vestido de punto era azul.

De su cuerpo no podía decir nada, solo podía admirar y babear en silencio sobre sus músculos. Nunca lo había visto desnudo, pero la manera en la que los vaqueros se ajustaban sobre sus muslos y sobre su trasero era para pedirle un regalo a Papá Noel.

Yo quería a ese hombre desnudo y mío por lo menos una vez

en mi vida.

Tal vez debería ser honesta conmigo misma y reconocer una vez por todas que llevo enamorada de este hombre sin nombre desde hace años. Pero estaba comprometido y si odiaba algo en la vida eran los infieles así que no iba a ir allí.

Él no estaba para mí.

—¿Café? —me preguntó sin mirarme.

—Sí, gracias.

Luego con una bandeja en una mano y una taza de café en la otra se acercó al sofá. Puso la bandeja que contenía queso, frutas y galletas sobre la mesa y la taza me la entregó en la mano.

—Come antes de desmayarte —gruñó.

Se sentó en el sofá.

—No me voy a desmayar —espeté, pero me senté en el suelo cubierto por una alfombra blanca y mullida.

Probé el queso y pronto estaba comiendo de todo. No quise reconocer que tenía mucha hambre.

—¿Me vas a contar sobre tu día de mierda o vas a seguir mirándome mientras estoy comiendo? —pregunté.

—No quieres saber sobre mi día.

—Ya lo sabía, me has mentido, ¿verdad? —dije.

—Después de trabajar treinta y seis horas en el hospital fui a casa de mi prometida para llevarle el anillo de compromiso. Lo había llevado a ajustar y como sabía que le gustaba mucho quise llevárselo lo más pronto posible.

¡Mierda!

Sabía a dónde iba con eso y no quería escucharlo.

—La encontré en la cama con su profesor de francés.

—Por lo menos lo has averiguado antes de casarte —dije—. Pero, solo por curiosidad, ¿le has preguntado por qué?

—¿Por qué estaba teniendo una relación con otro hombre? Sí, se lo pregunté. Dijo que no la hacía sentir viva.

Me atraganté con un trozo de queso y tosí hasta que pude respirar con normalidad.

—¿Puedes repetirlo? —le pedí.

—Me has oído la primera vez, Elena. —Sonrió tristemente él.

—Viva —repetí mientras me ponía de pie y caminaba hacia él.

Me detuve cuando mis piernas tocaron sus rodillas.

—¿Sabes que no sé tu nombre? De hecho, no sé nada sobre ti —murmuré.

—¿Y?

—Y me siento viva solo con pensar en ti. Si pronuncias mi nombre con esta voz tuya me haces sentir... bueno, deberías verlo por ti mismo —dije sentándome a horcajadas en su regazo.

Luego cogí su mano y la metí debajo de mi vestido.

—¡Elena! —gruñó él.

—¿Sabes cuántas veces he necesitado el recuerdo de tus ojos para llegar al orgasmo? ¿Y sabes esa fiesta de Nochevieja cuando me resbalé y me atrapaste? Tu mano me tocó aquí —dije cogiendo su otra mano y poniéndola bajo mi pecho izquierdo.

No movió su mano. La otra también se quedó inmóvil sobre mi ropa interior.

—Acabo de reconocer que estoy obsesionada contigo, lo menos que puedes hacer es decirme tu nombre.

Su mano se deslizó de mi pecho hasta la parte de atrás de mi cabeza. Recogió mi cabello en su puño y acercó mi rostro al suyo.

—Axel —gruñó.

Axel sonaba a chico malo, uno de esos con tatuajes sobre todo su cuerpo y que iba en moto a todos los sitios. Si tenía un tatuaje estaba jodida.

—Dime que no tienes tatuajes —imploré.

Sonrió y cerré los ojos. Tan jodida.

—Entonces —dijo él.

—¿Entonces qué? —pregunté.

—He roto mi compromiso esta mañana y tú también has roto con tu novio. Entonces, los dos somos solteros —dijo.

—¿Y?

—Y eso significa que puedo follarte —gruñó.

—Supongo que sí. —Sonreí y miré su sonrisa hasta que él me besó.

Luego las cosas tomaron el camino que deberían haber tomado hace mucho tiempo. Lo nuestro no era solo atracción, era magia. Cada beso suyo convertía mis huesos en gelatina, cada caricia me hacía jadear.

Y cuando todo se acabó me quedé tumbada sobre la alfombra, mi cuerpo desnudo, pero no sentía ni un poco de frío. Tampoco vergüenza. Nunca había sido tan bueno, tan intenso y en mi cabeza solo podía haber una explicación.

Axel era mi hombre, mi príncipe azul.

Que a mi edad no debería creer en cuentos de princesas ya lo sabía. Que no conocía ni una pareja felizmente casada también o que él estaba comprometido esta misma mañana parecía que a mi cabeza no le importaba.

Me quedé dormida ahí mismo sonriendo y pensando en que tal vez estas Navidades no las iba a pasar sola, desesperada y llorando.

Pero luego desperté.

En la cabaña hacía frío y silencio, demasiado. Tardé un minuto en averiguar que Axel no estaba y su coche tampoco. No había ni una nota, nada.

Y lloré, ¿qué podía hacer?

Me senté delante de la chimenea en esa misma alfombra sobre la que había gritado su nombre cada vez que me había llevado al orgasmo. Y fueron muchos, más de lo que había creído posible.

Ya ni sabía por qué estaba llorando, pero al hacerlo me sentí mejor y para cuando cayó la noche me había resignado. Me preparé algo de comer aprovechando que la despensa estaba llena y aunque al principio me dio apuro pensando que era la comida de Axel se me pasó cuando recordé que él se había ido sin despedirse, sin siquiera una miserable nota.

¿Pero qué podía esperar? Si esta mañana quería casarse con otra mujer era lógico. Yo solo estaba aquí, estaba disponible. Además, era algo que teníamos pendiente desde hace años y ahora por fin había pasado.

Ya.

Y yo era una ingenua si creía que él sentía lo mismo. Bueno, lo noté bastante entusiasmado anoche mientras me hacía el amor. Uy, no, mientras me follaba, porque el amor lo hacen dos personas que se aman y nosotros no...

¡Infiernos!

¿Lo amaba? ¡Lo amaba! ¿Cuándo y cómo pasó?

Hasta anoche ni siquiera sabía su nombre. ¿Pudo haber sido amor a primera vista?

Estaba perdiendo la cabeza así que decidí dar un paseo. Ya había anochecido, pero con la luna llena y todo cubierto de nieve había suficiente luz para poder dar una vuelta cerca de la cabaña.

Tardé dos minutos en sentir el frío penetrar las capas de mi ropa y un segundo en darme la vuelta y resbalar. Me levanté, pero volví a caer y esta vez usé de apoyo mi mano derecha. La misma mano que me había roto hace tres meses.

No sé qué fue más fuerte, el ruido que hizo el hueso al

romperse o mi grito de dolor.

Estaba en medio de la nada. Sola. No podía llamar a nadie porque no tenía a nadie. Mis padres fallecieron hace mucho, novio ya no tenía y amigos tenía bastantes, pero ninguno que estuviera dispuesto a venir hasta aquí a ayudarme.

Me puse de pie y volví como pude a la cabaña. Cogí las llaves del coche y salí de nuevo. Para cuando conseguí llegar a la carretera toda mi ropa estaba mojada por el sudor. El miedo tenía ese efecto en mí, el dolor también.

Siguiendo las señales de la carretera llegué al pequeño hospital del pueblo, aunque hospital no era la palabra correcta. Era un pequeño edificio con dos carteles, hospital y urgencias.

Entré por la puerta principal y suspiré al ver la sala de espera llena de otras personas que esperaban su turno.

—Coge un número —me dijo la recepcionista después de echar un breve vistazo a mi brazo.

Lo cogí y me senté. Esperé y de vez en cuando me iba al servicio para llorar. El dolor era insoportable y el número de personas que iban delante de mí no disminuía. Habían pasado horas y estaba desesperada así que fui a hablar con la recepcionista.

—Mira, sé que hay gente que seguramente está peor que yo, pero ¿no puedes darme algo para el dolor? Lo que sea —imploré.

—No, señorita, no le podemos dar nada. La tiene que ver el doctor —dijo ella.

—Ok, ok, ¿y sabes cuándo pasará eso o puedo irme a la farmacia a por Tylenol y luego a casa a mirar tutoriales en YouTube para escayolar mi brazo?

Había levantado la voz, sabía que no era justo, que ella no tenía la culpa, pero el dolor me convertía en una perra.

—¿Elena?

Giré la cabeza y casi me da algo al ver a Axel ahí. Y no solo eso, iba vestido con esas cosas que llevaban los médicos en los quirófanos. Pero no fue eso o el estetoscopio colgando de su cuello. No. Fueron los tatuajes que cubrían sus brazos que me dejaron sin habla.

¡Lo sé! Pasé la noche con él, pero no se quitó la camisa y con la poca luz de la habitación no tuve la oportunidad de descubrir su cuerpo. Lo tuve dentro de mí, sobre mí, en mi boca y ni siquiera sabía que era médico, ni había visto su cuerpo entero desnudo.

—Elena, ¿qué ha pasado? —pregunto Axel.

—Me caí —dije mirándolo.

Axel no estaba feliz de verme y lo entendía, de verdad. A mí tampoco me apetecía ver a mi ex.

Sin dirigirme la palabra me agarró por el brazo bueno y me llevó hacia una sala que estaba llena de pacientes, médicos y enfermeras yendo de un lado para otro. Me ayudó a sentarme en una camilla y luego cogió unas tijeras con las que cortó la manga de mi jersey.

—Dame algo para el dolor, lo suficiente como para poder llegar a Nueva York. Tengo una amiga que es enfermera en un hospital y ella puede...

—¡Cállate, Elena!

—¿Qué? —espeté, desobedeciendo su orden porque ¿quién diablos se creía él para mandarme a callar?

—Estoy ocupado, ¿ok? No tengo tiempo para estas estupideces —gruñó Axel.

—¿Estupideces?

—Sí, ¿cómo llamas salir con lo que está cayendo? ¿No decías que querías quedarte dentro y ver la nieve caer? Pues eso deberías haber hecho, pero no, aquí estás añadiendo un paciente más a una lista ya demasiado larga.

Tenía razón. Fue una estupidez.

Me callé y no volví a abrir la boca. Ni siquiera cuando él se fue y una enfermera me llevó a hacerme una radiografía o cuando Axel volvió para escayolar mi brazo. Me dieron algo para el dolor y por un momento pensé en escaparme. Podía coger el coche y volver a la cabaña, lejos de Axel y su enfado.

Siendo dramática lo sabía, pero había llegado al final. Ya no me quedaban fuerzas para luchar, solo quería tumbarme y llorar. Mañana ya sería otro día donde podría ser la mujer fuerte que podía lidiar con todo.

Hoy quería llorar.

No sé si fue lo que me dieron para el dolor o el cansancio, pero me quedé dormida mientras Axel escayolaba mi brazo. Me quedé dormida mirando su rostro y soñé con él. Soñé que me cogía en brazos y me tumbaba en una cama, que me quitaba la ropa mojada y me ponía una camiseta, que me cubría con una manta y me daba un beso en la frente.

Desperté en una habitación oscura, tan oscura que no podía ver ni siquiera mi propia mano.

—Lo que me faltaba, ser secuestrada —murmuré.

Escuché una risa a mi izquierda, pero de repente la puerta se abrió y no me dio tiempo a ver quién estaba ahí. Por un instante pensé, ya ni sé que pensaba antes de que se encendiera la luz para ver a una mujer alta, hermosa y muy enfadada entrar en la habitación.

—¿Qué mierda estás haciendo, Axel? —gritó ella.

¿Axel?

Miré a mi izquierda, y sí, Axel. En la cama conmigo. También vi que la habitación era una de esas que solía ver en las series de televisión. Wow, había pasado una noche con un médico. ¡Diablos! No recordaba nada.

Ah, sí, mi brazo. El enfado de Axel.

Bueno, era hora de marcharme viendo que la situación se

estaba complicando y yo ya tenía bastante lío en mi cabeza, no necesitaba más. Intenté sentarme, pero el brazo de Axel me lo impidió.

—Despacio, nena —me dijo.

¿Nena?

—¿Nena? —repitió la mujer —. Te dije que fue solo una vez y tú, tú vas y te acuestas con esta mujer. Ok, no pasa nada, puedo perdonarte.

Axel, que no me había apartado la mirada de encima giró la cabeza hacia ella.

—Diane, se acabó. No me interesa si fue una sola vez o cinco mil, dejaste a otro hombre tocar lo que era mío así que tú y yo ya no tenemos nada de qué hablar —dijo Axel.

—Pero yo te amo —suplicó ella.

—¿Seguro? Porque por lo que yo vi también amas a ¿cómo se llama el profesor? ¿Pierre algo? Se acabó. Apaga la luz antes de marcharte, por favor.

Diane se quedó mirando asombrada. Pude ver en su rostro que de verdad pensaba que él iba a perdonarla y ahora ya no sabía qué hacer. Despacio se dio la vuelta y se marchó. No apagó la luz.

Ok, y con esta situación acabada era el momento de arreglar la mía.

El brazo de Axel seguía sobre mí, sus ojos también. Era extraño porque lo que quería era quedarme en esta pequeña cama, en sus brazos y besarlo.

—¿Cómo te sientes? —me preguntó.

—Como si estuviera soñando, ¿me habré golpeado la cabeza al caer?

Axel se echó a reír.

¡Oh, Dios! ¿Por qué mi vida era tan injusta? ¿Por qué me había enamorado de este hombre?

Necesitaba marcharme.

—No —dijo él.

—¿No qué?

—No lo que sea que está pasando por tu cabeza. Dentro de — Axel miró su reloj— cuarenta minutos tengo que volver a trabajar así que vas a cerrar los ojos y seguirás durmiendo, yo haré lo mismo. ¿Ok?

—No.

—Nena, estoy agotado, así que hazme el favor y...

—¡No! —espeté—. Mi vida es un desastre ahora mismo y despertar aquí contigo lo único que hace es empeorarlo todo. Tengo suficiente drama en mi vida como para necesitar el tuyo también. Yo me marcharé y apagaré la luz, tú podrás dormir y hacer lo que tengas que hacer. Yo haré lo que tengo que hacer, ¿ok?

—Entonces —murmuró él.

—¿Entonces qué?

—Pues que estaba equivocado sobre la otra noche. No lo has sentido —dijo Axel.

Me eché a reír.

—¿Sentir? Yo sé lo que sentí, sentí que por fin había encontrado al hombre perfecto, que por fin encajaba en mi vida, pero ¿sabes qué, Axel? Que me desperté sola la mañana siguiente y sentí que esa noche tan mágica había sido nada para ti. Nada más que...

Una mano de Axel cubrió mi boca, la otra mano agarró con cuidado mi brazo escayolado y lo colocó sobre la almohada y luego el cuerpo de él estaba sobre el mío.

—No, no, Elena, fue mágico, sí y seguirá siéndolo el resto de nuestras vidas porque ahora lo sé. Sé lo que es el amor verdadero, de hecho, lo sé desde la primera vez que te vi solo que no fui capaz de comprenderlo. Eres mía, soy tuyo y desde este momento estaremos juntos. Tú y yo.

—Te marchaste —murmuré.

—La mitad de la plantilla del hospital está de vacaciones, un cuarto está de baja médica y el autobús escolar tuvo un accidente. Mi padre llamó y no pude decir que no. Lo siento, nena, me fui y pensé que tendría tiempo para llamarte, pero fue imposible. ¿Me perdonas?

Sí.

Pero no lo dije. Era demasiado bueno para ser verdad.

—¿Y anoche? No estabas muy contento cuando me has visto.

—Porque estabas herida, Elena. ¡Joder! ¿Pensabas que estaba enfadado contigo?

—Ah, pues, me dijiste que me callara. ¿Recuerdas?

—Sí, pero solo porque no soportaba escuchar el dolor en tu voz. Nena, estabas sola. Has tenido que conducir sola y luego esperar aquí horas. Y yo no estaba contigo.

Dejé de prestarle atención porque había escuchado suficiente. Y sus ojos expresaban algo que nunca había visto en los ojos de ninguno de mis novios. Amor. Amor verdadero.

—¿Podemos hablar más tarde? —pregunté y Axel me miró extrañado—. Bésame, tonto.

Me besó y al final la luz se quedó encendida y nadie durmió.

Me quedé en la habitación mientras Axel fue a terminar su turno de trabajo y a mediodía nos fuimos a la cabaña donde nos quedamos dos días. Solo nosotros dos. Haciendo el amor. Hablando. Viendo nevar. Viendo películas.

En Nochebuena me llevó a cenar a casa de sus padres que vivían en el pueblo. Lo llamé loco cuando me lo dijo porque hace una semana él estaba comprometido con otra mujer y ahora me llevaba a conocer a sus padres. ¿Qué iban a pensar?

—Que eres la mujer de mi vida —dijo Axel.

Oh, bueno. No había una respuesta mejor así que fui y conocí a sus padres. Eran encantadores.

A medianoche volvimos a la cabaña y debajo del árbol había una caja pequeña. Para mí. Dentro había un anillo y Axel tenía una pregunta que hacerme.

Mi respuesta fue sí.

Doce horas después en la misma cabaña el juez, tío de Axel, nos declaraba marido y mujer.

Doce meses después en la misma cabaña le regalaba a Axel una prueba de embarazo.

Y cada día del resto de mi vida se sintió como un día de Navidad.

Fin

Relato 2

Hunt

—Mamá, ¿puedo preguntarte algo? —dijo mi hijo pequeño.

Liam solo tenía cuatro años, pero sabía leer mi estado de ánimo mejor que mi ex y no sabía si era bueno o malo. Diría que malo, pero estaba demasiado agotada para pensar en ello.

—Dime, cielo.

—¿Crees que Papá Noel sabrá llegar hasta este pueblo?

Me di la vuelta, dejando el lavado de los platos para después de romperle el corazón a mi hijo. Papá Noel no vendrá este año, por lo menos no lo hará con lo que Liam le había escrito en la carta que enviamos hace dos semanas.

Faltaban tres días para Navidad y conseguir el dinero para comprar ese coche con mando que él deseaba era imposible. Igual de imposible como conseguir el dinero para poder pagar el alquiler de la pequeña cabaña en enero.

Nina, mi hija, que a sus ocho años ya sabía que Papá Noel era una ilusión abrió la boca, pero sacudí fuertemente la cabeza. Ella puso los ojos en blanco y volvió a su dibujo. Le encantaba dibujar y era todo lo que hacía, día y noche.

—Liam —dije y él me miró con esos ojos azules tan inocentes y llenos de esperanza, que se me formó un nudo en la garganta.

No podía hablar, aunque quisiera y afortunadamente un golpe en la puerta me dio la oportunidad de escapar. Liam solía olvidar rápidamente las cosas. Llegué a la puerta y la abrí. Demasiado tarde me di cuenta de que había cometido un error.

Esta cabaña estaba en medio de la nada, alejada del camino, alejada del pueblo. Así lo había querido yo, pero viendo al hombre alto y grande en el porche comprendí que no había sido una buena idea.

Era una mujer sola en medio del bosque con dos niños pequeños, pero cuando él hombre no hizo ningún movimiento alargué la mano hacia mi bolso.

—¿Puedo ayudarle con algo? —pregunté mientras rebuscaba entre mil cosas el espray pimienta que siempre llevaba conmigo. Fuera de casa, dentro nunca. Grave error.

—Sí, mi nombre es Hunt. Soy el dueño de la casa y necesito que se vaya lo antes posible —dijo dando un paso hacia adelante.

Entonces pude verlo mejor y entendí por qué su voz me sonaba familiar.

—¿Qué? —murmuré demasiado asombrada para pensar en lo que me acababa de decir.

—Te devolveré el alquiler, pero tienes que irte esta misma noche —dijo.

—Lo siento, pero no pasará. Tengo un contrato firmado hasta el día 1 de enero.

—Y yo he dicho que…

—No me importa —exclamé.

¡Bastardo! Era un bastardo sin corazón. No solo no me reconocía, también quería echarme a la calle con dos niños pequeños.

—Señora —empezó Hunt, pero su tono amenazante no me asustó. Otras cosas sí, pero este hombre no era una amenaza para mí, físicamente no.

—No, tengo un contrato y aunque quisiera a cinco días de

Navidad es imposible encontrar otro alojamiento. No hay nada ni en el pueblo ni en la ciudad. Lo siento, pero yo no me voy de aquí.

Hunt se dio la vuelta y aunque lo lógico hubiera sido cerrar la puerta no lo hice. Me quedé hechizada mirándolo. Era grande. Alto. Hombros anchos. Brazos musculosos que la chaqueta de cuero no lograba ocultar.

¿Quién en su sano juicio se ponía una chaqueta así con la nieve que estaba cayendo?

Luego se dio la vuelta atrapándome. Le estaba mirando el trasero. ¿Qué? La última vez que tuve relaciones sexuales fue en la noche que concebí a mi hijo, hace casi cinco años. Era una mujer sola en el bosque con un hombre que grande y peligroso, pero yo sabía que no me haría daño.

No si le decía quién era yo, porque era obvio que no me recordaba.

Él esperó hasta que mi mirada se apartó de la parte baja de su cuerpo y cuando encontré sus ojos dijo:

—Te doy diez mil dólares si me dejas dormir en el ático.

Sacudí la cabeza.

No me haría daño, pero tenía dos hijos. Ni loca iba a dejarlo dormir en la misma casa con ellos. Al fin y al cabo, era un desconocido. ¿Qué sabía de él? Que era guapo, fuerte, inteligente, empático, con un sentido de la justicia algo extremo. Violento, tal vez, de eso no estaba segura todavía, pero ya había visto los indicios y estaba esperando para poder comprobarlo.

—Veinte mil. El veintiséis de diciembre me iré y podrás quedarte el tiempo que quieras —ofreció Hunt.

—Veinte mil dólares y un año sin alquiler.

No lo dudó ni un segundo.

—De acuerdo —dijo y avanzó hacia mí. No tuve más remedio que dejarlo pasar.

Hunt entró y se detuvo de repente cuando vio a mis hijos. Luego giró la cabeza y me miró. Sus ojos azules mostraban un odio y una repulsa que nunca había visto.

¿Por qué me miraba de esa manera? No podía saberlo solo con mirar a mis hijos. ¿Verdad?

Luego el odio cambió a algo que se veía mucho más peligroso y di un paso hacia él decidida a decirle que había reevaluado su propuesta, que podía llevarse el dinero y salir de mi casa. Pero su expresión dura se convirtió en una suave cuando se encaminó hacia mis hijos.

—Hola, yo soy Hunt —dijo.

Y, maldita sea, no tardó ni tres minutos en convertirse en el amigo de mis hijos. Mi Liam que era sociable, pero tardaba en abrirse a las personas ya le estaba contando sobre su miniaventura con un montón de nieve y un tractor de juguete.

Nina, bueno, por lo menos ella se parecía a mí, y lo estaba mirando con una media sonrisa, pero sin fiarse del todo.

Cenamos juntos porque era lo menos que podía hacer, invitarlo a cenar. Lo atrapé mirando pensativo el plato de espaguetis con tomate. Hubo un tiempo cuando también había albóndigas en el plato, pero ahora la carne era un capricho, algo que si teníamos suerte lo podíamos disfrutar un par de veces al mes.

Hey, pero estábamos a salvo, teníamos una casa calentita, y estábamos juntos. Eso era lo que importaba.

Después me ofrecí a ordenar un poco el ático, pero rechazó mi ayuda y llevé a los niños al dormitorio principal. Había otros dos dormitorios, pequeños los dos, que ocupaban mis hijos, pero hoy les dije que íbamos a tener una noche de películas en mi dormitorio.

No los quería en las suyas. Solos. No. No cuando un hombre extraño estaba aquí con nosotros. No era lógico lo que estaba haciendo, ni permitirle que se quedara ni preocuparme por mis hijos cuando nadie me había obligado a decir que sí.

Pero, como decía mi ex, yo no era muy lista.

Los niños se quedaron dormidos quince minutos después de que empezara la película y entonces me bajé de la cama y eché el pestillo a la puerta. De nuevo, una idea idiota, pero el miedo es miedo. Lógico no es.

Durante dos días convivimos bien.

Hunt se despertaba de madrugada, preparaba café y luego pasaba el día fuera de casa. A veces lo veía cortando leña, pero la mayoría del tiempo estaba fuera de mi vista. Pasaba tiempo con los niños y era extraño.

Se le daba bien, mejor que a mi ex.

Nochebuena ya estaba aquí y yo no tenía regalos. Cena sí porque había ido comprando poco a poco lo justo para tener una cena en condiciones. Hunt me había prometido dinero, pero no había cumplido y la segunda noche cuando los niños estaban dormidos en mi cama fui a buscarlo.

Estaba fuera fumando.

Giró la cabeza cuando escuchó la puerta, pero no dijo nada.

—Hunt. —Aclaré mi voz y él frunció el ceño. Me miró de una manera extraña que puso mi piel de gallina—. Sobre el dinero, eh, yo, ¿qué estás haciendo? —exclamé cuando me agarró por la barbilla e inclinó mi cabeza.

—Repítelo —gruñó.

—¿Repetir qué?

—Mi nombre, dilo de nuevo.

¡Oh, Dios!

—Hunt —susurré.

—Te conozco —dijo él.

¡Oh, Dios!

Intenté retroceder, pero Hunt deslizó una mano en mi espalda y me presionó contra su cuerpo.

—¿Por qué no te recuerdo?

—Eh, no sé de qué me estás hablando —mentí.

Él lo sabía.

—Inténtalo de nuevo, Frankie, ¿por qué no te recuerdo?

Porque estabas borracho. No podía decirle que me había aprovechado de él. Solo Dios sabía que me haría.

—Tienes tres segundos para hablar o lo averiguaré por mí mismo y eso no me hará nada feliz. ¡Habla!

—Es una larga historia, ¿podemos hablar dentro?

Me empujó suavemente hacia la puerta y no me quitó las manos de encima hasta que no me senté en el sofá.

—Me enamoré a los diecisiete de uno de los amigos de mi padre. Él tenía treinta años y me hizo sentir especial. Nos casamos cuando quedé embarazada y por un tiempo todo fue genial. Luego cambió. Ya sabes, el hombre perfecto se convirtió en un marido abusivo y controlador.

—Continúa —dijo Hunt.

Mordí mis labios porque lo que seguía era horrible. Yo era horrible.

—Tuvo un accidente cuando se fue de acampada con sus amigos, las heridas fueron graves y la recuperación le llevó mucho tiempo. Cambió más, era más agresivo, no tenía nada de paciencia con Nina y se obsesionó con tener un hijo. Lo intentamos durante un año entero, cada día y cada mes cuando se daba cuenta de que no estaba embarazada se volvía loco. Intenté marcharme, pero mi familia no me quiso ayudar y no tenía amigos; además, me amenazó con quitarme a Nina así que me quedé.

—Y te quedaste embarazada —gruñó él.

—No. Fui al médico y todo estaba bien conmigo, él se negó

a aceptar que algo estaba mal con él. Un día fuimos a la boda de una amiga y él se emborrachó. Lo dejé en la habitación del hotel y fui a dar un paseo. Terminé entrando en un bar y es ahí donde nos conocimos.

—¿Nos conocimos?

—Ok, me invitaste a tomar algo y dije que no, luego me preguntaste si quería follar y dije que sí. No sé por qué acepté. Tal vez porque cuando me miraste vi el deseo en tus ojos o porque sabía que estaba ovulando y podría ser mi salvación.

—Usé protección —dijo Hunt.

—Fui al servicio antes, ¿recuerdas? Había una cesta con condones y pinché uno con un imperdible. Te pregunté si podíamos usar el mío, mentí y dije que tenía alergia al látex y necesitaba usar un condón especial. Nunca pensé que volvería a verte.

—Engañaste a tu marido —gruñó.

—Sí y si quieres saber si me arrepiento, pues no, no lo lamento. ¿Sabes lo que se siente cuando estás tumbado, cuando alguien usa tu cuerpo y no puedes decir nada? ¿Cuándo no puedes decir que no quieres, que no te gusta, que te duele? Sí, como dijo mi madre, yo me lo he buscado. Lo hice, pero mi hija no iba a pagar por mis errores así que aguanté.

—Y me usaste para traer a otro niño al mundo.

—Sí. Lo siento, no fue justo para ti, pero no tienes ninguna responsabilidad. Nunca te pediré nada.

—¿Y tu marido?

—Lo abandoné cuando empezó a tratar mal a los niños, pedí el divorcio y él pidió la custodia de los niños. Ganó él y por eso no puedo irme de la casa. Este lugar es seguro, llevamos un año aquí, la gente del pueblo es amable, los niños son felices y mi ex no puede encontrarme.

Había mucho más que decir, pero Hunt se dio la vuelta y se

encaminó hacia la puerta.

—¡Hunt, espera! Necesito el dinero.

Se fue sin decir nada, sin darme nada, pero a la mañana siguiente encontré un sobre en la mesa de la cocina. Un cheque.

A Hunt no le vi en todo el día. Estuve ocupada con los preparativos de la cena, los niños se ocuparon de sacar todo lo que habíamos comprado por la mañana. Les había comprado un árbol nuevo, adornos y luces.

Era un gasto del que iba a arrepentirme luego, pero vi cómo Liam miraba ese árbol en la tienda y recordé el pequeño que teníamos en casa y no pude resistirme.

Y justo cuando estábamos listos para sentarnos a cenar llegó Hunt. Habló con los niños, cenó con nosotros y luego los ayudó con el árbol.

Por la mañana él ya se había marchado, pero debajo del árbol había muchos más regalos de los que había visto en mi vida. Todos para los niños. Yo encontré un sobre grande en el armario de los cereales.

Una sentencia en la que mi ex renunciaba a la custodia de los niños. Para siempre.

Y mi vida cambió.

Una semana después me ofrecieron un trabajo en la escuela de Liam y Nina. El sueldo era mejor que el anterior y como no tenía que pagar el alquiler pude comprar un coche y muchas cosas más.

Dos meses después Hunt volvió. Era el cumpleaños de Liam. Le trajo regalos y pasó dos días en el ático. También arregló el techo que estaba goteando y cambió el espejo del cuarto de baño.

El siguiente mes volvió de nuevo. Arregló el fregadero y nos acompañó a las fiestas del pueblo.

Las visitas mensuales se volvieron semanales. Llegaba en fin de semana o antes, se quedaba un día o dos y arreglaba lo que estuviese dañado, pues parecía que siempre se rompía algo.

Era maravilloso con los niños. Me hubiera gustado decirle a mi hijo que Hunt era su padre, pero cada vez que intenté hablar con él dijo que no había nada de qué hablar. Solo eso. Me hubiera gustado saber si algún día podría decirle a mi hijo que su padre era un buen hombre.

Conmigo se mostraba cordial cuando mis hijos estaban delante, pero indiferente cuando estábamos solos.

El problema es que yo empecé a sentir algo por él. Soñaba con él, con esa noche cuando concebimos a Liam. Y eso no era todo, era incapaz de fingir cuando él estaba delante. Me quedaba mirándolo como una adolescente, me sonrojaba cuando él me miraba.

Era embarazoso.

Él lo sabía y como lo estaba pasando tan mal cada vez que lo veía empecé a evitarlo. Si llegaba de día aprovechaba y me iba al pueblo con la excusa de tener que hacer unos recados. Si llegaba de noche decía que me dolía la cabeza y los dejaba a los tres cenando y me iba a mi habitación.

Hunt en ningún momento me indicó que sentía algo, así que me sentía doblemente mal. El solo venía porque quería cuidar su propiedad y ver a su hijo.

Hasta que un día, uno de los profesores me invitó a cenar. Jim era un hombre amable y divertido, le gustaban los niños y tenía una sonrisa bonita. Me pareció una buena idea salir con él.

Creía que podía olvidar a Hunt. Creía que lo que sentía por Hunt era porque era el único hombre de mi vida.

Esa tarde llevé a los niños a casa de una compañera de trabajo. Alice tenía tres hijos con los que los míos se llevaban muy bien. Me preparé por la cita, incluso me fui a la peluquería y me compré un vestido nuevo.

Y cuando llamaron a la puerta estaba preparada, pero cuando abrí no era Jim el hombre que estaba en el porche.

—Hunt —exclamé.

—Sí, Hunt —dijo él poniendo la mano en mi abdomen y empujándome dentro. Cerró la puerta y continuó empujando—. Hunt, el padre de tu hijo, el hombre que lleva esperándote un año. ¿Y qué haces tú?

Mi espalda chocó con la pared y el cuerpo de Hunt chocó con el mío. Deslizó una mano en mi cabello e inclinó mi cabeza, sus ojos mirando con atención mi rostro.

—Hunt —susurré.

—Rojo —gruñó deslizando un dedo sobre mis labios—. También llevabas rojo esa noche.

—Hunt, no entiendo.

—Lo entenderás —dijo y cubrió mis labios con los suyos.

Me besó y luego me demostró que estaba equivocada, que recordaba esa noche. Deslizó las manos bajo mi falda, me bajó las bragas y me tomó justo ahí.

—¿Ahora lo entiendes? —preguntó Hunt.

A pocos segundos del orgasmo solo fui capaz de jadear.

—Eres mía, Frankie. Mía para tomar, para amar, para llevar a cenar. ¿Lo entiendes?

Oh, sí, lo entendía muy bien.

Esa noche la pasamos juntos y a la mañana siguiente Hunt tuvo que volver al trabajo. Volvió dos días después y de nuevo pasamos la noche juntos. Y así durante meses hasta que la tragedia ocurrió.

Era viernes por la noche y Hunt había llamado para decir que llegaría pronto. Había preparado una cena especial por el cumpleaños de Liam y cuando llamaron a la puerta mi hijo se apresuró a abrir.

Solo podía ser Hunt así que no lo detuve. Luego lo escuché gritar. Lo vi intentando librarse de los brazos de mi ex.

—Hola, familia —dijo él caminando hacia mí.

No recuerdo mucho de lo ocurrido. El dolor de esa primera bofetada, los gritos de los niños. Luché contra él. No había sido un buen marido o padre, pero nunca me había golpeado tan duro. En algún momento perdí la conciencia.

Desperté cuando me estaban llevando en ambulancia, pero volví a perder el conocimiento. Al día siguiente Hunt estaba en mi habitación de hospital y me contó lo que había pasado.

Mi ex me dio una paliza, eso ya lo sabía, y lo hizo durante los pocos minutos que le llevó a Hunt llegar a casa. Nina había conseguido sacar a su hermano de casa y estaban corriendo cuando Hunt llegó. Los subió al coche y luego vino a la casa donde se encargó de mi ex. No me dio muchos detalles sobre el significado de encargarse, pero me dijo que nunca volvería a hacerme daño.

Lo creí.

Una semana después le dijimos la verdad a Liam. Pasó otra semana más y Hunt dijo que había dimitido, que quería estar aquí con su familia.

Pasó una semana, un mes y luego llegó la Navidad.

Estábamos haciendo decoraciones para el árbol con Liam y Hunt encargándose de las palomitas.

—Nunca van a terminar —me dijo Nina.

Mis hijos habían sufrido mucho con lo ocurrido con mi ex, pero los veía sanar con cada día que pasaba.

—Que sí, ¿qué culpa tengo yo si las palomitas no colaboran? —espetó Liam.

Lo miré sin saber muy bien a que se refería, pero preparada para echarle una mano.

—Déjame ver, Liam —dije.

—Toma —dijo mi peque poniendo algo en mi mano—. Ah,

mamá, ¿quieres casarte con Hunt? —preguntó.

Por un momento pensé que era solo la curiosidad de mi hijo, pero lo que Liam me había entregado no era popcorn. Era un anillo y no era uno de los míos. Miré a Hunt. Él estaba sonriendo.

—Contéstale a Liam, nena, ¿vas a casarte conmigo?

—Sí —susurré.

Luego mi prometido me dio el primer beso delante de nuestros hijos y una semana después me daba el primer beso de casados.

Amaba la Navidad.

Amaba mi vida.

Fin

Relato 3

Aya

Verdes.

Sus ojos eran verdes. Y furiosos.

Siempre me los imaginé llenos de pasión, de alegría, intensos, pero nunca furiosos. Conocía su cuerpo, cada parte, cada músculo, cada cicatriz. Siempre me lo imaginé cerca del mío, sobre mí, pero nunca provocándome dolor.

Los dedos de su mano me estaban apretando demasiado. Tendría la marca en mi muñeca en un par de horas y si no me soltaba pronto tendría un hueso roto. Era tan frágil, lo sé, era una maldición.

Era guapa, lista, y todo eso, pero tropezaba, me caía y la tía Isabella tenía que venir y escayolar una mano o un pie.

—¿Eres estúpida? —gruñó el hombre—. Quita ese cuadro de la pared. Ahora.

He cometido un error esta noche, bueno, varios. Colgué el mejor de mis cuadros en la parte trasera de la sala de exposición porque soy así de egoísta. Quería y no quería mostrárselo al mundo. Y por el mundo quiero decir a mi padre.

Me desheredaría o peor, se lo diría a la familia y se desataría el infierno.

El siguiente error fue pedirle a Mike, mi guardaespaldas que me esperara fuera. O tal vez no fue un error porque si no este hombre ya estaría muerto por ponerme la mano encima. Podía tocar el botón de pánico y estaría aquí en dos segundos, pero confía en mis habilidades de resolver la situación.

—Señor Scott, firmó un contrato en el que me cedía los derechos de su imagen. ¿Recuerda? Tengo el derecho de exponer y vender el cuadro.

—Yo no firmé nada —dijo.

Oh.

Eso explicaría algunas cosas. Mira que me pareció raro que nunca quisiera llamarme o enviarme las fotos con los ojos abiertos. Parecía dormido.

Oh, Dios.

—Eres Cameron Scott, ¿sí?

El hombre asintió de mala gana.

—¿Por qué no suelta mi brazo y vamos a mi despacho para aclarar este malentendido? —propuse.

—Primero baja el cuadro, creo que ya hay suficientes personas que hayan visto mi polla.

—¡Que no se ve! —espeté girando la cabeza para mirar el cuadro.

El hombre estaba tumbado sobre una cama, dormido. Las sábanas deshechas, con una esquina cubriendo esa parte de su cuerpo. Vale, no necesitabas mucha imaginación para ver lo que había debajo, pero eso no era mi culpa.

Su miembro era impresionante y me pareció una pena no pintarlo.

Alguien tosió obligándome a apartar la mirada del cuadro.

—Señorita Kader, ¿está todo bien? —preguntó Mike desabrochando su chaqueta. Y no, no lo hizo porque tuviera calor, lo hizo para mostrarle al hombre que estaba a dos centímetros de mí las dos pistolas que llevaba.

De hecho, no las necesitaba. Mike era tan grande y fuerte que podía matar a una persona en medio minuto.

Cameron me gustaba a pesar de haberme llamado estúpida o de haberme gritado y no quería verlo muerto.

—Todo bien, Mike. ¿Me haces el favor de bajar el cuadro y llevarlo atrás? Estaré en el despacho —dije.

Me dirigí hacia la parte trasera de la sala y teniendo en cuenta que Cameron no me había quitado la mano de encima, me acompañó. Por lo menos sus dedos ya no apretaban tanto.

Abrí la puerta del despacho, encendí la luz y entré. Me paré y miré su mano. Cameron me soltó.

—Yo no he firmado nada —dijo.

—Siéntate y vamos a arreglar esto —murmuré.

—No, gracias. Habla ya que no tengo toda la noche, pero ¿sabes qué? Mejor no lo hagas, te voy a demandar y en una semana ya no tendrás ni donde caerte muerta.

—Oh —susurré encendiendo mi portátil, una sonrisa grande dibujada en mi rostro.

—¿Crees que es gracioso entrar en una galería y ver tu cuerpo desnudo en la pared? Ahí mismo para que todo el que pase lo pueda ver. Si fueras tú estarías llamando a la policía y estaría en la cárcel en dos minutos.

—Lo siento, no era eso lo que encontraba divertido —dije.

—¿Entonces? —gruñó él.

—Nada, aquí tienes —dije girando el portátil hacia él—. El contrato firmado, los correos electrónicos y las fotos.

—¿Qué diablos? —El rostro de Cameron se oscurecía con cada mensaje que leía, con cada página del contrato y maldijo cuando llegó a la suma de dinero que pagué por sus fotos —. ¿Doscientos mil dólares?

—Sí. Soy pintora y puse un anuncio buscando un modelo, tú o viendo el caso, otra persona, me contactó.

—¿No necesitas ver el modelo para pintar? —preguntó.

—No siempre, a veces prefiero pintar solo con la ayuda de las fotos. He recibido las tuyas, tenía el contrato firmado, pagué y listo. No podía saber que había otra persona detrás de esto.

—Ahora ya lo sabes.

—Lo sé —dije mirándolo a los ojos.

—Quiero ese cuadro destruido —declaró.

—No.

Cameron puso las manos sobre mi escritorio y se inclinó hacia mí. Supongo que tenía la intención de intimidarme y esperé a ver cómo pensaba hacerlo.

—Soy abogado, señorita. Si no destruyes ese cuadro haré un infierno de tu vida. Lo único que pintarás serán las caras de los niños en los cumpleaños infantiles.

Interesante, pero no suficiente para asustarme. Total, a mi nada me asustaba. Me hizo sentir otras cosas y estaba pensando en la manera de conseguir los dos lo que deseábamos. Pero no, no podía hacerlo.

Me puse de pie y extendí la mano.

—Creo que no nos hemos presentado correctamente. Aya Diaz Kader —dije sonriendo.

Si era abogado debía conocer el apellido, joder, si era americano debía conocerlo.

—¡Jódeme! —gruñó, apretando mi mano.

Oh. La sensación que sentí cuando me tocó era fuera de este mundo, era tan electrizante que me fue imposible esconder mi reacción. No obstante, Cameron fingió no darse cuenta.

Por una vez que quiero la atención de un hombre no la consigo.

Bueno...

—¿Eso quiere decir que ese cuadro va a seguir expuesto? —preguntó Cameron soltando mi mano.

—Sí, pero solo en mi apartamento si eso está bien contigo.

—¿Y si digo que no?

—Verás, Cameron, es uno de mis mejores cuadros y trabajé meses. No me gustaría destruirlo. ¿Puedes entenderlo? —pregunté.

—¿Puedes entender tú que alguien vendió mis fotos y una pintora las miró durante meses?

—Si no tuvieras el apellido que tienes conseguiría el cuadro, las fotos y daños. Pero tienes la protección de tu familia y me imagino que conseguirás lo que deseas.

De repente, me sentí como si fuera la mujer más mala del mundo. ¿Qué hice mal? Nada, pinté. Yo no tenía la culpa de que alguien hubiera usurpado su identidad.

Volví a sentarme en la silla e hice una llamada. La voz de mi prima Ivy resonó a través del altavoz dos segundos después.

—Aya, ¿ya estás lista para ir a tomar algo? —preguntó ella.

—No, necesito un favor. Cameron Scott —dije y esperé.

Mientras tanto me negué a mirar al hombre. Sentía su mirada sobre mí, pero lo que sentía en el corazón era demasiado grande para que me importara otra cosa.

—Es guapo —dijo Ivy.

—Ivy —espeté.

—Ok, ok, a ver. Wow —exclamó ella y supe que estaba mirando las fotos de Cameron, las que me habían costado doscientos mil dólares—. Usurpación de identidad, bla, bla, bla. Gina Brianna Howard. Que nombre más raro, ¿qué quieres hacer, Aya?

—Denunciar —dijo Cameron.

—Ok. —Pude escuchar la diversión en la voz de mi prima

—. Denunciar sería demasiado complicado, podemos conseguir el dinero y

—Denunciar, Ivy, ¿entiendes el sentido de la palabra o solo escuchas lo que te da la gana igual que tu prima? —gruñó Cameron.

Durante unos momentos el silencio reinó en mi despacho.

Nadie le hablaba así a Ivy. Nadie me hablaba así a mí.

—Yo me encargo, Ivy —dije antes de colgar.

Luego saqué del cajón de mi escritorio mi chequera. Escribí la suma, cinco veces más de lo que había pagado por esas malditas fotos, firmé y se lo entregué a Cameron. Él no lo cogió y me puse de pie.

Me acerqué a él y se lo metí en el bolsillo de sus vaqueros.

—Esto para cubrir los daños —dije y me di la vuelta.

El sonido de mis tacones resonaba alto y fuerte mientras caminaba sobre el suelo de cemento que llevaba hacia la parte trasera de la galería. Me detuve para coger un cúter y continué mi camino hasta que encontré el cuadro.

Mike lo había colocado sobre una mesa. Mike siempre cuidaba mis cuadros.

Levanté el cúter y en dos instantes destruí el cuadro.

—¿Qué diablos estás haciendo? —preguntó Cameron.

—Lo que me has pedido tú. Coge tu dinero y vete —espeté.

No se marchó, pero yo sí. Me di la vuelta y me marché dejando atrás los trozos de lienzo. Mi mejor trabajo arruinado.

***

Mi vida privilegiada gracias al apellido de mis padres continuó como siempre, pero algo había cambiado. Yo había cambiado. No sabía exactamente qué estaba pasando, tal vez era el rostro de Cameron que me seguía en mis sueños. Tal vez.

El invierno llegó, la nieve empezó a caer y pasaba horas pintando la montaña y el bosque. Llevaba toda mi vida viviendo aquí, toda la vida pintando el mismo bosque, pero cada año el cuadro era diferente. No mejor, solo diferente.

Y un día cuando había ido a pasear y estaba dibujando en mi cuaderno me di cuenta de algo. De eso que había cambiado. Mi corazón ya no me pertenecía.

Me había enamorado y maldita sea solo yo podía enamorarme de una foto. Es lo que hice, me enamoré pintando a Cameron Scott, pero no pensaba hacer nada sobre eso. Me gustaba mi vida sin complicaciones, además, ir detrás de un hombre al que no le interesaba me parecía una locura.

El amor no era para mí y eso pensé hasta que un día fui al hospital con mi madre. Ella solía encargarse de un montón de obras de caridad y ese día necesitaban que alguien hiciera sonreír a los niños ingresados.

La Navidad estaba a la vuelta de la esquina y si tenía que ir a pintar caras era lo que iba a hacer. Fui y fingí pasarlo bien porque se me rompía el corazón al ver niños enfermos. Una niña en especial me hizo pasarlo mal.

Era una niñita de cabello moreno y ojos azules, de unos seis años. Su madre estuvo a su lado mientras le pintaba una mariposa morada sobre la mejilla y solo porque a la pequeña le gustó mucho saqué mi cuaderno y empecé a dibujarle una.

—¿Quieres probar? —le pregunté a la pequeña entregándole el lápiz.

Ella lo aceptó y estaba dibujando muy concentrada cuando escuché abrirse la puerta. Miré porque pensé que podría ser el médico y había llegado la hora de marcharme, pero no.

Era Cameron Scott.

Se acercó a la pequeña y le dio un beso, luego le dio otro a la mujer. Sin apartar la mirada de mí.

—Mira, tío, Aya me ha dibujado una mariposa —dijo la niña.

Él miró el dibujo, lo miró y lo alabó hasta hacer reír a la pequeña. Entonces llegó la tía Isabella. Era la doctora así que me puse de pie y quise marcharme.

—Quédate, Aya, solo tardaré un momento y luego tú y yo podemos ir a tomar un café. Hace mucho que no hablamos sobre tus pinturas —dijo Isabella.

Ok. El problema era que en esta familia no había secretos. Pensaba que sí, pero de alguna manera todo se descubría y mantuve la mirada en el suelo para ocultar mis mejillas enrojecidas por la vergüenza.

La tía sabía que pintaba desnudos.

No me moví de ahí mientras ella le comentaba a la madre de la pequeña sobre la cirugía de esta tarde. Mi corazón se encogió escuchando los detalles. ¿Cómo alguien tan joven podía sufrir tanto?

Luego nos marchamos e Isabella me llevó a su despacho donde compartimos solo café, nada de confidencias.

Al día siguiente volví al hospital porque mi madre se había dejado su pañuelo favorito y no podía vivir sin él. Iba caminando por los pasillos cuando un hombre llamó mi atención.

Cameron.

Se veía cansado como si al apoyar el hombro contra la pared todo el peso del edificio se hubiera apoyado en él.

—¿Todo está bien, Cameron? —pregunté.

—Sí —dijo él mirándome.

Por un momento me quedé hechizada por su mirada. Conocía su rostro, pero no sus ojos.

—¿La pequeña?

—Bien, la doctora Taylor le salvó la vida —dijo Cameron.

—Ella siempre lo consigue —murmuré feliz.

Me había alejado de él cuando me llamó. Me di la vuelta y vi que sostenía unos papeles.

—Toma.

Las cogí sin pensar y después de echar un vistazo miré a Cameron.

—¿Qué es esto? —pregunté.

—Lo que tú deseas —dijo él caminando hacia mí—. Yo ya he obtenido lo que deseaba, mi sobrina va a vivir una larga vida y eso es gracias a ti y a tu familia. Así que es justo darte lo que deseas.

—No, te equivocas, la tía hubiera salvado la vida de tu sobrina sin saber sobre lo ocurrido entre nosotros. Además, solo fue un acuerdo de negocios. Nada más.

—Llevábamos meses esperando una cita con la doctora, Aya. Meses. Y un día nos llaman, en menos de un día la operaron. Ahora dime que no tiene nada que ver contigo.

Bueno, podía ser.

Con mi familia nunca se sabía. Podían saber del cuadro, pero no de lo que estaba sintiendo yo. No eran adivinos. ¡Ah, Dios! La tía Ayala si lo era.

—Ok, pero no tienes por qué ofrecerme esto. El dinero es tuyo y lo siento, pero no quiero pintarte —dije devolviéndole los papeles.

—Lo harás —declaró él.

—¿Lo haré?

—Sí, porque a mí no me gusta deber favores y con tu familia nunca se sabe. Así que dime cuándo y dónde.

***

Yo era una buena chica, pero no me gustaba cuando me obligaban a hacer algo y Cameron me estaba obligando. No quería pasar tiempo con él, pero ya que insistía iba a hacerlo pagar.

El cuándo fue una semana después. El dónde en una de las islas que pertenecían a la familia. Amaba la nieve, pero estar en la playa cuando la Navidad estaba tan cerca tenía algo interesante.

Cameron llegó puntual. Yo misma le abrí la puerta de la casa. No había nadie más aquí. Los empleados tenían el día libre y mis guardaespaldas estaban en la casa del personal. Lejos, pero no demasiado lejos como para tardar mucho en venir si los necesitaba.

Lo acompañé a su habitación porque necesitaba un par de días para el cuadro.

—¿Cuándo empezamos? —preguntó Cameron.

—¿Después de comer? —propuse.

—No tengo hambre.

Ok. Y es así como terminamos en mi estudio, en la planta de arriba de la casa. Era una sala enorme con ventanales que se iban deslizando hasta el fondo y mostraban el mar. Ya tenía el otro cuadro en mi cabeza, ahora quería el mar.

—Puedes denudarte ahí atrás —le dije a Cameron.

Mientras tanto puse en orden mis cosas, era un poco maniática con mi trabajo y ni siquiera me di cuenta de que él había vuelto. De que él estaba desnudo en mi estudio.

—Túmbate en la cama.

Mi voz sonó rara, pero Cameron pareció no notarlo.

Se tumbó, se cubrió con las sábanas como le dije y empezamos. De vez en cuando le ordenaba moverse o quedarse quieto. O abrir los ojos. Y una vez cuando no conseguía posicionarse como yo quería me acerqué a la cama para hacerlo yo misma.

Con la mano izquierda presioné su pecho, con la derecha moví su pierna y luego di un paso atrás para ver si estaba bien. Y fue cuando vi la sábana moverse. No aparté la mirada de la sábana ni de lo que se estaba moviendo debajo.

—Es tu culpa —dijo Cameron.

—¿Qué? —susurré deslizando mi mirada hacia sus ojos.

—Es una reacción normal a tu toque. Si no quieres que pase, no me toques.

—¿Y si quiero? —pregunté.

Cameron extendió la mano hacia mí. Pensé y pensé durante un largo momento. No era virgen, pero no gracias a un hombre, fue una noche con mi juguete sexual. Bueno, era un momento que me daba vergüenza recordar.

Teóricamente era virgen porque nunca estuve con un hombre. Nunca había encontrado uno en el que confiara tanto como para entregarle mi cuerpo.

Sobre Cameron no sabía mucho, pero aun así confiaba en él. Cogí su mano y lo dejé tumbarme en la cama. Y es ahí donde pasamos el resto del día y de la noche.

Hicimos el amor. Hablamos. Averigüé que él era abogado en Nueva York, pero que lo odiaba. Solo estaba en la ciudad porque su hermana se había quedado viuda y lo necesitaba.

Nos gustaban las mismas películas, pero no teníamos las mismas preferencias en la comida. Él era vegetariano y yo disfrutaba de vez en cuando de un buen chuletón.

Pasamos tres días en la isla y luego cada uno volvió a su vida.

Me llamó días después para preguntar sobre el cuadro y quedamos en mi estudio para mostrárselo.

Los días pasaban y él seguía llamándome. Lo invitaba a mi estudio o él me preparaba la cena en su apartamento. Y así durante un año entero.

Era Nochebuena cuando ocurrió el desastre.

La fiesta era en casa de mis padres, el ruido y la música desaparecieron cuando Cameron entró en la sala. Caminó hacia mí. Estaba furioso, nunca lo había visto así ni siquiera cuando averiguó que su novia me había vendido sus fotos.

Se paró delante de mí.

—No necesito nada de ti o de tu familia, ¿me entiendes, Aya? ¡Nada! —gruñó.

Luego se dio la vuelta y se marchó.

—Te dije que ofrecerle ese trabajo no era buena idea —dijo Isabella.

No sabía a quién se lo decía, pero no importaba. Eché a correr y alcancé a Cameron antes de subir a su coche.

—Cameron, no lo sabía —dije.

—No me importa y ¿sabes por qué? Porque a ti tampoco te importa —exclamó.

—No entiendo lo que quieres decir.

—¿No, Aya? ¿Qué fue el último año para ti? Un pasatiempo, ¿no? —gruñó Cameron.

—No —murmuré.

—Nunca me llamas, nunca hablas de tu familia, nunca quieres celebrar fiestas ni cumpleaños conmigo. ¿Qué soy? ¿Tu juguete?

—No, Cameron, eres más que eso, pero ¿sabes qué soy yo? La hija de Zein Kader, uno de los hombres más ricos del mundo. ¿Sabes cuántos amigos tengo fuera de mi familia? Ni uno. ¿Sabes en cuántas personas he confiado mi cuerpo? Una sola persona y está delante de mí. ¿No llamé? Claro que no lo hice porque nunca pensé que tú querías algo más que sexo. ¿No te invité a la fiesta de mi cumpleaños? Claro que no porque mi familia hubiera investigado tu vida y... ¡Joder! ¿Crees que no hubiera querido presentar a mi familia al hombre que amo? ¿Pero cómo hacerlo cuando no...?

—Cállate, Aya —gruñó Cameron antes de cogerme en sus brazos y besarme—. Tengo un trabajo que no me gusta, pero paga las facturas, tengo un apartamento que terminaré de pagar dentro de quince años. Lo único que me falta es la mujer de mi vida y la tengo en mis brazos.

Entonces Cameron bajó la cabeza para besarme de nuevo.

—Toda mi familia está mirando por la ventana —le dije. No tenía que darme la vuelta para saberlo, los conocía demasiado bien.

—No me importa —dijo y me besó.

Diez minutos después Cameron se dio cuenta de que hubiera sido mejor si le importara.

—Ha pasado un año —le dijo mi padre—. ¿Cuándo piensas pedirle matrimonio a mi hija?

—¡Papá! —exclamé pensando que Cameron iba a echarse a correr en cualquier momento.

—De hecho, señor, llevo pensándolo desde el primer momento en que la vi —dijo Cameron.

Poco después lo llevé a mi estudio y le mostré el cuadro, el primer cuadro que había destruido y que había pintado de nuevo solo con la ayuda de mi memoria. Y fue ahí donde me había enamorado de una fotografía suya Cameron me pidió casarme con él.

Siendo la hija de mi madre no quise esperar ni un minuto y al día siguiente nos casamos. Una boda en Navidad.

Fin

Relato 4

Lauren

Odio la Navidad.

Bueno, no la odio. Me encanta y puedo decir que es uno de mis momentos favoritos del año, ni siquiera mi cumpleaños me encanta tanto. Borra eso, para otros el cumpleaños es un momento feliz, algo para celebrar, pero para mí no. Para mí es el día en que recuerdo que mi madre no me ha querido, que me ha tirado a la basura poco después de nacer.

Pero hoy no es mi cumpleaños, hoy es sobre como dos días antes de Navidad estoy volviendo a la que fue mi única casa, mi única familia. Los últimos seis años he conseguido buscar y encontrar buenas excusas, creíbles excusas, y nadie se enfadó conmigo por no acudir. Lo que es mejor es que nadie se dio cuenta de que era mentira.

Los Howard son mi familia, aunque no de sangre, ni siquiera adoptivos, la verdad es que no sé qué son. ¿La familia que me recibió en su casa cuando necesité ayuda? ¿La familia de acogida que nunca me adoptó a pesar de decirme que me querían como a su propia hija?

La historia, mi historia, es una de esas que escuchas a alguien contar en la cafetería durante el almuerzo y lo único que puedes decir es: *pobre chica.*

Primero fui pobre bebé, eso pensaron los bomberos que me encontraron en ese contenedor de basura. Sí, mi madre me tiró a la basura, por lo menos me envolvió con una manta y no me congelé de frío. Fui una bebé guapa y sana y no tardaron mucho en adoptarme, mis nuevos padres fueron una pareja de mediana edad que lucharon contra la infertilidad y perdieron.

Yo fui su hija, la luz de sus ojos, durante cuatro años que casi no recuerdo. Después de esos años mi madre adoptiva abandonó a mi padre y se fue a vivir a Paris con su jefe. ¿Sabes qué hizo él? Empezó a beber tanto que en poco tiempo se convirtió en un alcohólico que no fue capaz de cuidarme y el Estado le quitó la custodia.

Pobre niña, la niña que durante dos años pasó de una familia de acogida a otra. Nunca entendí porque nadie se quedó conmigo. Fui una niña buena, obediente y respetuosa, pero no pasé más de unos meses con ninguna familia hasta que poco antes de cumplir siete años me llevaron con los Howard.

Ron, el padre. Marie, la madre. Nate, el hijo mayor. Patricia, la hija pequeña, y un montón de tíos, tías, de primos, primas y abuelos, tíos abuelos. Viví en su casa desde los siete hasta los dieciocho cuando me fui a la universidad y desde ese momento no he vuelto.

Hasta ahora, me di cuenta de que tenía que hacer algo para poder seguir con mi vida o por lo menos intentarlo. Hay algo en ese pueblo, en Kent Village, que me impide ser feliz y ese algo es un chico. Mejor dicho, un hombre, él ya no es un chico como yo tampoco soy una chica.

El pueblo no había cambiado en los últimos seis años, se veía aún más precioso con toda la nieve que había caído la noche anterior. Quería bajar del coche y ponerme a jugar en la nieve, pero seguí adelante hasta la casa de los Howard.

Era pronto, ni siquiera eran las diez y necesitaba hacer las cosas una por una. Primero hablaría con Marie y a esta hora estaría en su pequeño cuarto de costura tomando el tercer café del día.

Estaba tan preocupada de lo que iba a pasar que dejé de estar pendiente del camino y lo hice cuando escuché el sonido inconfundible de la sirena de policía. Era demasiado tarde porque eché un vistazo y vi que iba por encima de la velocidad permitida, no mucho, pero suficiente.

En este pueblo la gente seguía las reglas, nadie cruzaba en rojo, nadie tiraba la basura en el suelo. Eran muy correctos y eso significaba que iba a tener que pagar una multa así que podía decirle adiós a mi regalo de Navidad. Detuve el coche, busqué los papeles necesarios y esperé tranquilamente.

Vi en el retrovisor al policía bajar del coche, lo vi acercarse y estaba un poco preocupada al ver la insignia del sheriff. A un policía normal le podía sonreír y tal vez podría irme sin la multa, ¿pero el sheriff?

No, de ninguna manera. El sheriff Ransow me odiaba, nunca supe por qué, pero aprendí que era mejor quedarme fuera de su camino y por eso no rompí ni una ley, ni siquiera cuando era adolescente.

De nuevo, mi mente se centró en otras cosas y no notó que el hombre que se acercaba al coche no era el sheriff Ransow. Era más alto, con un abdomen plano y no una barriga cervecera como Ransow, muslos fuertes que se notaban cuando caminaba a pesar de que lo hacía despacio.

Bajé la ventanilla cuando llegó a mi lado, incliné la cabeza sonriendo lista para saludar amablemente. Pero no pasó, lo vi y todo el aire se fue de mis pulmones, mi sonrisa se heló en mi rostro y mis dedos estrujaron los papeles que sostenía.

—Nate —murmuré.

—Lauren.

Esa soy yo, Lauren Smith y él es Nate Howard, ¿puedo decir que es mi hermano si he vivido en su casa, con sus padres, doce años de mi vida? De lo que estaba segura era que mis sentimientos por él no eran para nada fraternales, pero no podía pensar en eso, no ahora cuando me estaba mirando con furia.

¿Furia?

—Yo. —Empecé a decir, pero él me interrumpió bruscamente.

—Fuera del coche. Ahora —ordenó.

Salí, ¿qué podía hacer? Era el sheriff, era Nate. Abrí la puerta, bajé y antes de saberlo me encontré con que Nate me estaba empujando contra el coche y con su boca sobre la mía.

Chillé, pero no por miedo, por sorpresa.

Estaba en los brazos de Nate, sus labios sobre los míos, su lengua dentro de mi boca, sus brazos rodeándome. Estaba donde soñaba con estar desde que tenía trece años.

—Nate —gemí.

Levantó la mano, agarró mi cuello e inclinó mi cabeza.

—Has vuelto —gruñó, asentí confundida—. ¿Te vas a quedar? —preguntó y sacudí la cabeza.

En un instante perdí su mirada caliente, sus brazos, me quedé con el aire gélido y con sus ojos que me miraban de igual manera.

—Documentación de coche —dijo Nate.

Volví a mi asiento en el coche donde me senté tranquila mientras Nate me ponía la multa. Me entregó el papel y sin una palabra se dio la vuelta y caminó hasta su coche.

—¿Qué diablos pasó aquí? —me pregunté.

Tenía trece años cuando me enamoré de Nate, pasó una noche que lo vi bailando con su novia, él tenía dieciocho y la manera en la que la sostenía, en la que daba vueltas con ella en la pista de baile. Vi a Nate besando a su novia el día de Navidad debajo de un ramo de muérdago y me enamoré.

Algo en la manera en la que sus brazos la rodeaban, en la lentitud con la que la besó me enamoró. La pregunta era: ¿cómo diablos lo supo? No, más importante era: ¿por qué me besó?

Quedarme en el coche no iba a darme ninguna respuesta así

que conduje hasta la casa donde Marie me esperaba en el porche, un jersey grueso sobre sus hombros, una taza de café en la mano y una sonrisa en su rostro que no auguraba nada bueno.

—Has vuelto —susurró ella abrazándome.

—Solo para Navidad —declaré, y su sonrisa se ensanchó—. Marie, ¿qué está pasando aquí?

—Nada, Lauren, solo lo que tenía que pasar hace mucho.

Eso no aclaró para nada mis dudas y Marie consiguió eludir el tema el resto del día. Pasé el tiempo ayudándola a envolver regalos, a hornear galletas, hice de todo menos lo que quería. Hablar sobre Nate.

Ron llegó del trabajo a la hora de cenar, me dio un abrazo y otra de esas sonrisas enigmáticas que empezaba a odiar. En cambio, Patricia que siempre fue muy buena conmigo, hoy llegó y ni siquiera me saludó.

Algo estaba pasando, algo que nadie parecía dispuesto a compartir conmigo. La cena fue extraña a pesar de la alegría de Marie, de la amabilidad de Ron y respiré aliviada cuando pude decirles adiós.

Había alquilado una cabaña y en cuanto llegué me tumbé en la cama abrigo y botas puestas. Y es así como me quedé dormida hasta la mañana siguiente cuando me desperté cansada, con dolor de cabeza y furiosa.

—¿Dónde está? —pregunté media hora después cuando Ron abrió la puerta y en dos minutos subía a mi coche con la dirección de la casa de Nate apuntada en un papel.

Tardé bastante en llegar teniendo en cuenta la nieve y que Nate se había comprado una casa arriba en la montaña. El entorno era precioso, pero poco práctico. Llegué y sin echar un vistazo a la casa que era una combinación de madera, roca y vidrio, llamé a la puerta.

Llamé y esperé, una y otra vez hasta que perdí la paciencia.

Fue entonces cuando escuché el sonido y rodeé la casa, Nate estaba ahí cortando leña.

Nate era un hombre guapo, alto y moreno, ojos azules y rasgos duros. Vestido con el uniforme de sheriff era para quitarte el aliento, pero con vaqueros y camiseta cortando leña era para darte un infarto.

No esperé ni un solo instante, me acerqué sin importarme que no se veía de muy buen humor y que sostenía un hacha.

—¿Qué diablos está pasando aquí, Nate? —espeté.

Él se detuvo con el hacha a medio camino hacia el tronco que pretendía cortar y me miró con el ceño fruncido.

—Nada, Lauren, aquí no está pasando nada —dijo.

—Nada —repetí—. ¿Y qué fue ese beso de ayer?

—¡Jesús Cristo, Lauren! ¿Tienes que preguntarlo? Sabes que fue eso —explotó Nate.

—¡No lo sé! He venido para pasar la Navidad en el pueblo y me has besado. No tengo ni idea de dónde vino eso.

Nate me miró, la incredulidad reflejada en su rostro.

—¿No has leído la carta? —preguntó.

—¿Qué carta?

A mi pregunta le siguieron unos momentos de silencio en los que mantuve la mirada de Nate, una mirada intensa que casi me hizo dar la vuelta y correr.

—¡A la mierda! —maldijo él un segundo antes de soltar el hacha y dirigirse hacia mí.

—¿Nate?

No me contestó, se acercó rápidamente y se detuvo delante de mí. Su mano se enroscó alrededor de mi cuello, su pulgar debajo de mi mandíbula empujó hacia arriba, inclinando mi cara hacia la suya. Entonces su boca estaba sobre la mía, cálida y firme. Abrí la boca y su lengua se deslizó dentro.

Me arqueé hacia él, buscando su cuerpo cálido y fuerte, mientras sus dedos se clavaban en mi cuero cabelludo, mientras ese beso escalaba rápidamente al primer lugar en mi lista de besos. El mejor beso de todos y no se trataba de su técnica, era todo. La forma en que sabía, la forma en que me abrazaba, la forma en que olía. La forma en que me sentía en sus brazos, sintiéndome como en casa.

Este aquí mismo era mi hogar, en los brazos de Nate.

Por fin.

¿Qué y cómo? No importaba, no había dudas sobre lo que él sentía y era todo lo que había deseado. Nate rompió el beso y pude mirar a los ojos más hermosos del mundo.

—¿Nate?

—Te quiero, Lauren —declaró.

—Pero ¿cómo? —pregunté.

En vez de responder Nate me agarró de la mano y nos dirigió hacia la casa, dentro por la puerta trasera y dentro de la cocina. Una cocina muy bonita y soleada de la que vi muy poco en nuestro paso hacia el salón.

Nate se sentó en el sofá llevándome con él, sentándome en su regazo. Se sentía tan extraño, bueno, pero extraño. Esperaba despertarme en cualquier momento y darme cuenta de que todo había sido un sueño.

—¿Recuerdas el último día que estuviste aquí? —preguntó y asentí.

Era mi cumpleaños, cumplía dieciocho años y era el momento de irme. Los Howard eran buena gente, pero no eran mi familia, por lo menos no legalmente y pensé que no podían esperar a que me fuera de su casa.

Ese día me desperté e hice las maletas, tuve suerte de que el día anterior me había graduado y que en unos meses iba a empezar la universidad. Me fui llevando conmigo todo el dinero que había ahorrado en los últimos dos años y sobreviví.

—Pensaba declararme el día de tu cumpleaños, pero entraste en la cocina con tus maletas y anunciaste que te ibas. Dijiste que era el momento de volar, que querías ver el mundo y no me pareció correcto decir nada. Sabía que una sola palabra mía cambiaría tu decisión así que te escribí una carta mientras mis padres intentaban convencerte de quedarte.

—No he recibido ninguna carta —murmuré.

—Te la dejé en el libro, en esa novela romántica que llevabas todo el tiempo contigo —dijo Nate.

Recordaba ese libro, era mi único pecado. Lo vi un día en la biblioteca, lo tomé prestado y me gustó tanto que me arriesgué. Nunca lo devolví, lo leía cada día y la última vez que lo hice fue cuando me fui de casa de los Howard.

Ese libro me acompañó a la universidad, en cada uno de mis pisos de alquiler en los que viví, pero nunca lo he vuelto a leer. El protagonista masculino me recordaba tanto a Nate que no fui capaz ni siquiera de abrir el libro y después de unos años lo guardé en una caja en el armario.

Me preguntaba si esa carta seguía ahí, pero no iba a averiguarlo hasta volver a mi piso. Mientras tanto quería saber qué me escribió Nate.

—¿Qué habías escrito? —pregunté.

Te amo, Lauren, y sé que tú también me amas, pero no es el momento adecuado para nosotros. Te esperé durante años y puedo esperar más. Vete, vive tu vida, disfruta, y vuelve cuando estés lista para mí, para mi amor.

Las palabras, justo las que esperaba, seguían sin parecerme reales.

—¿Cómo, Nate?

—No sé cómo o cuándo, sé que te vi un día riendo por algo que alguien dijo y mi corazón me gritó alto y fuerte: *Es ella.*

Durante mucho tiempo no quise admitir que sentía algo por ti, estabas viviendo en mi casa, mis padres te consideraban como su hija y no me parecía correcto. Pero con cada día que pasaba mi amor por ti crecía hasta que ya no hubo manera de ignorarlo.

—Pero me fui.

—Sí, y no me arrepiento de dejarte ir. Era lo que necesitabas —dijo Nate y me di cuenta de que tenía razón. Necesitaba irme para encontrarme.

—¿Me has esperado todo este tiempo? —susurré.

—Lo hice, mi corazón lo hizo, pero tienes que saber que no fui un monje durante todos estos años.

Tampoco me lo esperaba, eran muchos años. Yo también tuve mis relaciones. Me enamoré de él cuando era una niña, comparé con él cada hombre que conocí y aunque alguno fue bastante bueno no llegó a ser como Nate, como mi primer amor.

—¿Y ahora qué? —pregunté.

—Espero que me digas que has vuelto para quedarte, que tendremos una oportunidad.

—¡Me quedo! —chillé.

Y un segundo antes de que Nate atrapara mi boca en un beso vi la felicidad en sus ojos, la misma que sentía en mi corazón.

Estaba en casa y justo a tiempo para Navidad.

Un año después y casi a la misma hora, Nate estaba cortando leña mientras yo estaba en la cocina recogiendo los platos del desayuno. Aunque recoger no era lo que quería hacer, quería tirar los platos al suelo o mejor a la cabeza del hombre testarudo que estaba ahí fuera vestido con una camiseta.

Cogí el abrigo que estaba colgado al lado de la puerta, me lo puse y salí, la nieve mojando mi cabello antes de llegar a donde estaba Nate.

—¡Lauren! Entra que hace frío —gruñó él.

—¿Y tú qué? —espeté.

—Yo no estoy embarazado.

Bueno, yo sí y ese era el problema.

—Dijiste que me amabas —murmuré.

Nate dejó lo que hacía y se apresuró a mi lado.

—Nena, te amo, ¿a qué viene esto?

—¿Esto? Estás todo el tiempo enfadado, saltas por cualquier cosa. Pensaba que me amabas, que querías un hijo...

—Lo hago, te amo y quiero un hijo contigo, Lauren. Yo no soy el que está enfadado, eres tú. Tú eres la que me aleja, la que quiere hacer todo sola, la que no acepta ayuda.

—Pero yo...

—Lauren, te amo. Mis padres te aman desde el día que entraste en nuestras vidas y ahora que eres mi esposa, la madre de mi hijo, te quieren aún más. Pero, nena, tienes que dejarlos entrar. No puedes seguir detrás de ese muro que has construido a tu alrededor. Somos tu familia, tienes que saber que estaremos a tu lado, que nunca te abandonaremos.

—Tengo miedo —admití.

—Lo sé, pero yo estoy aquí ahora y para siempre —prometió Nate.

Fue una promesa que mantuvo, en ese momento y más tarde cuando fuimos a cenar a casa de sus padres, cuando por primera vez abracé a Marie y a Ron.

—Fuiste mi hija desde el primer momento, desde el primer paso que diste en nuestra casa —dijo Marie, sus ojos nadando en lágrimas—. Pero nunca nos dejaste acercarnos, cada vez que quería darte un abrazo o un beso echabas a correr y a veces incluso te quedabas quieta, helada con miedo en tus ojos. El psicólogo nos aconsejó darte tiempo, que el día que estuvieras preparada nos lo harías saber.

—Yo creía que... —Empecé, pero me di cuenta de que ya no importaba. Tenía la madre que siempre había deseado.

Y esa misma noche cuando mi hijo decidió que era el momento de venir al mundo estuve rodeada de mi familia, de mi marido.

Ya no odiaba la Navidad. Era el día en el que Nate me dijo que me amaba, era el día en el que nació nuestro hijo.

Fue el día en el que volví a casa.

Fin

Agradecimientos

Gracias a mis lectoras.

Gracias a Euli, Fabiola, Janette, Bego, Saguian, Mirna, Yolanda, Elena, Tamara, Ela, Flora, Karlita, Ramona, MaryCielo, Nicole, Aida, Arlette, Cynthia, Paola, Vanessa, Rosario.

Gracias, chicas, por acompañarme cada día en Instagram.

¡Feliz Navidad!

www.ingramcontent.com/pod-product-compliance
Lightning Source LLC
Chambersburg PA
CBHW060942130726
48001CB00003B/1027